DE LA VÉRITABLE

SOUVERAINETÉ DU PEUPLE.

Imprimerie de Mad. de Lacombe,
Faubourg Poissonnière, n° 1.

DE LA VÉRITABLE
SOUVERAINETÉ
DU PEUPLE;

RÉPONSE
A CERTAIN MANIFESTE,

PAR

Etienne Collet,

ANCIEN MILITAIRE AMPUTÉ, DÉCORÉ DE LA CROIX DE JUILLET

Amicus Plato, magis amica veritas.

PRIX : 1 F. 50 C.

PARIS,
CHEZ ALEXANDRE MESNIER,
RUE LOUIS-LE-GRAND, N. 23;
ET CHEZ L'AUTEUR, RUE CHRISTINE, N. 10.

1834.

AVANT-PROPOS.

En politique, dans les sciences, en général dans toutes les spéculations de l'esprit humain qui n'est jamais stationnaire, rien de plus absurdement présomptueux que ces systèmes qu'on veut imposer aux autres comme fixes et invariables, parce qu'une fois on les a proclamés tels, tout en se réservant seul le droit de les modifier, ou même de les défigurer entièrement. C'est ainsi que les hommes de parti crient à la trahison et appellent transfuges ceux qui, de bonne foi, ont marché dans leurs rangs, tant que les excès ou la fraude ne sont pas venus détruire l'illusion qu'ils partageaient. Pour nous, nous croyons plus honnête et plus courageux surtout, d'avouer qu'on s'est trompé ou qu'on a été trompé, que de persister dans des théories auxquelles on n'a plus de foi, parce qu'on a perdu toute confiance dans les insensés qui les prônent et se disent seuls capables de les réaliser. Notre conviction est que les républicains d'aujourd'hui, en admettant que la république fut jamais possible chez nous, semblent s'être chargés de la rendre tout-à-fait impraticable, et qu'ils ont désormais imposé à tout véritable ami du pays le devoir consciencieux de combattre leurs doctrines.

DE LA VÉRITABLE

SOUVERAINETÉ

DU PEUPLE,

RÉPONSE

A CERTAIN MANIFESTE.

Depuis quarante ans que la souveraineté du peuple a été proclamée, elle n'a cessé d'être le principe et la base de l'état social en France. L'homme extraordinaire dont un des plus grands travers d'esprit fut sans contredit son mépris de l'espèce humaine, dans toute la force de l'expression, Napoléon, avec ses tribuns et son sénat servile, rendit à cette souveraineté, tout en la dédaignant, un hommage forcé en conservant au pays une ombre de représentation nationale. La restauration qui n'avait pu suivre nos progrès que dans les feuilles étrangères, naturellement ennemies, qui était restée immobile tandis que le siècle marchait; la restauration fut contrainte de resserrer, d'étouffer pour ainsi dire, dans une charte octroyée, ses vues cachées pour l'avenir, et toutes les prétentions héréditaires du droit divin; elle proclamait sans le vouloir l'existence d'un pouvoir qu'elle n'osait braver.

La révolution de juillet est venue ouvrir à la France une ère nouvelle. Ce n'est en effet qu'à partir de cette époque que la souveraineté nationale s'est largement manifestée. Elle a été dès-lors franchement reconnue. On la voit prendre sans effort, sans secousse et sans bouleversement, son essor légitime mais calme, parce que dès lors seulement, elle fût sagement comprise de tous. On pourrait dire qu'elle ressort maintenant par tous les pores de nos institutions, et que ceux qui ont désiré, préparé ou effectué le grand changement de juillet n'avaient pas élevé si haut les espérances d'améliorations, ni les prétentions d'accroissement, qui faisaient l'objet de la lutte entre les amis de la liberté et de la restauration.

En effet, après la victoire des trois jours, tout le monde le sait, l'opinion publique était préoccupée d'une inquiétude vague sur notre avenir. On entrevoyait la probabilité d'une collision funeste entre les partis, dont un, celui le plus faible, pensait à la république et n'osait la proclamer parce qu'il savait n'avoir que peu d'écho en France; un second, le parti napoléoniste, celui des nobles souvenirs, dans lequel on rencontrait des hommes de cœur, fidèles au culte de la gloire, tout prêts à verser leur sang pour ramener le régime qu'ils regrettaient, si ce régime, corps et âme d'un seul homme, n'eût été enseveli dans la tombe avec l'homme. Le parti carliste ensuite, parti vaincu qui se cachait et n'osait élever la voix, tant son impuissance était démontrée par l'issue du combat. Enfin la masse de la nation, cette majorité qui repousse également toutes les factions, et qui se jeta incontestablement de tout cœur et par inclination, autant que dans la prévision des maux qui pouvaient fondre sur le pays, dans les bras du lieutenant-général du royaume. On se félicitait aux milieu des rues, sur la place publique, de ce que nous venions d'échapper à un grand danger, d'éviter un conflit dont les résultats étaient incalculables, et pouvaient surtout amener une effusion de sang bien plus générale et de plus longue durée que celle par laquelle il avait fallu acheter la chûte de la branche aînée.

Tous les gens sensés et de bonne foi qui ne se jettent dans la discussion qu'avec l'intention de s'éclairer, et non pour imposer aux autres leurs opinions saines ou erronnées; qui se laissent convaincre par des raisons et non par des sophismes; tous ces Français qui forment, quoiqu'on dise, l'immense majorité, conviendront qu'ils n'auraient pas vu sans effroi un appel général au peuple au sortir des barricades, soit qu'on eût procédé par la voie d'assemblées primaires ou de toute autre manière, car on ne peut se lasser de le redire, le moment était pressant. Il n'y avait plus de gouvernement; la France trahie avait payé des armées dont il n'existait presque que les cadres, et l'Europe tout entière vivement émue par l'étonnant changement que trois soleils avaient vu s'accomplir, était prête et vivement intéressée à profiter de la moindre apparence même d'anarchie, pour franchir notre frontière sans défense. Il faut n'avoir pas vu, n'avoir rien observé à cette époque glorieuse et difficile à la fois, ou bien il faut mentir à son propre jugement, pour nier toutes ces choses. L'homme qui fut alors choisi pour être le chef du gouvernement provisoire, le général Lafayette autour de qui les mécontens affectent encore aujourd'hui de se ranger, a reconnu lui-même alors qu'il y avait réellement crise sérieuse, et dont l'issue était tellement incertaine et accompagnée de dangers, qu'il eût été au moins imprudent de livrer la France aux chances qui se présentaient, promptes et décisives, dans lesquelles elle aurait pu perdre sa nationalité, en courant après la conquête d'une entière indépendance. Il a compris notre situation, le vieux apôtre de la république, et il a trouvé le fardeau trop lourd pour lui, car il a été au-devant des causes qui pouvaient l'en débarrasser. Il a senti qu'entre la domination étrangère, une république sans liberté, accompagnée de guerres intestines dont les hommes les plus sages n'auraient pu marquer la fin, et une monarchie populaire, le choix était non-seulement hors de doute, mais forcé pour le patriote assez heureux pour pouvoir jeter dans la balance le poids de sa vieille expérience et l'influence non douteuse d'une position *actuelle*. Il l'a senti; son jugement, sa conviction et son devoir de citoyen, lui montraient son impuissance à conjurer l'orage prêt à éclater, lui indiquaient le remède aux maux qui nous menaçaient, et il contribua de tout son pouvoir à faire proclamer un lieutenant-général du royaume.

Cette élection était bien réellement un acte de souveraineté populaire, car personne non plus ne niera que ceux des membres de la chambre des députés qui avaient coopéré à la révolution, soit activement, en se réunissant sous le feu du canon de juillet, soit par leur entière et loyale adhésion, ne fussent vraiment les élus du peuple. Les journaux qui professaient dès long-temps les opinions les plus libérales, les plus indépendantes, avaient d'abord conseillé aux électeurs, aidé de toute leur influence, et approuvé hautement ensuite leur élection; le peuple s'en était réjoui. Hommes de la nation, il justifièrent son choix en heurtant de front les prétentions et le vouloir anti-national d'un monarque absolu. Leur protestation énergique, si vantée alors par ceux qui la trouvent aujourd'hui empreinte de faiblesse et même de servilisme, parce qu'eux-mêmes, ambitieux faiseurs de théories gouvernementales, se placent toujours en dehors de l'actualité, c'est-à-dire dans le vide, cette protestation, disons-nous, leur fera un éternel honneur. Voyez en effet : le despotisme, tout aveugle qu'il est, ne s'y trompe pas : voulant s'affranchir de toute gêne, déchirer le pacte constitutionnel et asservir la nation, il brise la chambre et prélude au massacre des citoyens en désignant à l'arbitraire de ses proconsuls les hommes courageux qu'il redoute le plus, ceux qui ont osé les premiers faire entendre aux oreilles d'un roi la voix mâle, mais importune des intérêts populaires.

Eh bien! s'il était impossible sans le plus imminent danger de livrer l'état aux hasards d'une lutte pleine d'effervescence; si, comme je le crois en conscience avec tous les gens de bien, on ne pouvait raisonnablement appeler les masses à voter sur la place publique, d'abord parce que cette épreuve est toujours périlleuse dans un pays aussi peuplé que le nôtre, et ensuite parce qu'elle était surtout impraticable en présence des partis qui nous divisaient, et en raison de l'urgence d'une décision prompte, si nous voulions être en garde contre l'étranger; on sera obligé de convenir qu'il était juste de s'en rapporter à la décision de députés qui s'étaient déjà dévoués à la cause nationale, qu'on retrouvait sur le champ de bataille, après une victoire dont ils ont droit de revendiquer leur part. On eût pu désirer peut-être voir la France représentée par un plus grand nombre de mandataires; mais c'était, non pas une nécessité de personnes, de famille, mais bien une nécessité de nation, que de reconstituer promptement l'état. Il le fut par les organes de la nation, ceux que le peuple aimait. Eût-on préféré par hasard que les hommes de l'intrigue, les députés de Charles X, le côté droit enfin, qui ne représentait que la royauté et l'aristocratie, ceux qui, par peur du peuple, ou poussés par leurs vieilles inclinations, ont volontairemeut déposé leur mandat, vinssent voter avec les véritables élus?

Depuis quand soutiendrait-on qu'un individu, qn'une société sera moins legalement représentée par un, deux, quatre mandataires que par dix, vingt, cent, mille, dès que cet individu, cette société approuve la conduite du mandataire ou des mandataires? D'après la loi logique, la loi de la raison, les actes, la volonté de qui a reçu le mandat, sont la volonté, les actes de qui a donné ce mandat.

Tout le monde conclura de ce qui vient d'être dit, que si jamais, se trouvant dans la même position que celle où nous plaçait la révolution de juillet 1830, au sortir de la mêlée, et après avoir renversé un trône et rayé une dynastie de la liste des Rois, un peuple a pu voir sortir de tant d'élémens de trouble le gouvernement le plus en harmonie avec ses goûts, ses besoins et sa volonté, c'est assurément la France. Si l'élection d'un lieutenant-général, et ensuite celle d'un Roi, n'ont pas été chez nous des actes de la souveraineté du peuple, cette souveraineté n'est plus qu'un chaos inextricable, une véritable chimère qui n'a d'existence que dans le cerveau malade des partisans de l'anarchie.

Les députés qui nous ont donné la Charte de 1830, le Roi de 1830, étaient les élus de la nation, non pas seulement selon la lettre souvent double de la loi, mais encore selon la majorité de la nation; il n'y a que la plus insigne mauvaise foi qui puisse aujourd'hui le contester; donc, c'est la nation qui a fait elle-même sa constitution, c'est elle-même qui a nommé son Roi à qui elle a imposé la constitution; donc elle a fait un acte de *souverain pouvoir*.

Qu'on ne vienne donc pas nous dire dans cette espèce de manifeste d'une poignée de factieux et d'insensés qui, pour soulever les passions, font de la politique comme les romantiques font de la littérature : « *Tous les besoins du pays se résument en un seul; il faut que le peuple recouvre l'exercice de sa souveraineté.* »

Entendons-nous d'abord sur ce qu'on doit appeler le peuple, car bientôt ce ne sera plus qu'un être de raison.

Est-ce la société des prétendus *amis du peuple*,

celle qui a usurpé le titre de *la Société des droits de l'homme et du citoyen*, qu'elle a supplantée et refondue, de manière à faire d'un petit corps un grand squelette ?

Est-ce la clientelle de la Tribune, composée de 11 à 1200 républicains, en y comprenant *le citoyen Ernest, républicain de quatre ans ?*

Est-ce le peuple des émeutes, que la Tribune excitait et défendait sans lui donner un sou, parce qu'elle ne donne rien ; et qui ne veut plus travailler depuis qu'on ne le paye plus ?

Est-ce même, pour changer tout-à-fait de ton, la masse des citoyens qui se sont battus en juillet ?

Serait-ce, par hasard, la réunion de ces quatre cathégories ?

Tous ceux qui ont voulu nous tromper, spéculer sur notre confiance ou notre bonhomie, depuis les Rois que l'histoire a appelés grands, jusqu'aux plus vils aventuriers, ont protesté de leur amour pour le peuple, invoqué les intérêts, le bonheur du peuple. Tous se sont créés un peuple à part, pour lequel ils assurent qu'ils se dévouent et qui est toujours content d'eux. Vous ne trouverez pas un tyran, un dictateur, un chef de révoltés, qui n'aspire au surnom de *Publicola*, et ce qu'il y a de déplorable, qui ne puisse trouver une certaine clientelle toujours prête à l'énivrer de son impur encens. Dans sa fatuité cinique, cet intrigant ambitieux se dira, et parviendra peut-être même à se croire l'homme du peuple.

Le peuple, ce n'est pas un homme, ce n'est pas une faction, ou, si vous l'aimez mieux, une association quelconque; ce n'est personne et c'est tout le monde : c'est la nation qui n'a pas, comme le prétend le manifeste en question, à recouvrer sa souveraineté, car elle ne l'a pas perdue un instant depuis sa grande révolution. Les hommes de parti ne savent raisonner que pour et avec leur parti, et parce que, partant de principes faux, ils ont déduit quelques conséquences logiques, que leurs argumentations n'auront pas trouvé de contradicteurs parmi les leurs, ils se croiront dans le vrai, et traiteront les autres d'insensés ou d'ennemis de la chose publique.

Sous quel régime espérez-vous que *les besoins publics* ne soient pas *diversement appréciés*?... Si tous les individus d'une nation ne sauraient être du même avis, où prendrez-vous ce peuple qui doit, dites-vous, *décider en maître*, si ce n'est dans la majorité. Eh bien! malgré tous vos faux calculs et vos raisonnemens plus spécieux que solides, républicains et émeutiers, ou plutôt républicains-émeutiers, vous n'êtes pas là majorité. Les hommes de juillet que vous affectez hypocritement d'honorer, et derrière lesquels vous avez pris l'habitude de vous réfugier, pour dissimuler votre faiblesse, ces hommes de cœur et de véritable civisme. ne sont pas non plus la majorité. Si, par impossible, ils se réunissaient tous à vous, vous ne seriez pas encore la majorité. Vous êtes dans une grave erreur si vous pensez que la révolution faite dans les murs de la capitale, aurait pu s'accomplir, si la *majorité*, je veux dire ceux des citoyens de Paris qui n'ont pas pris les armes, ne l'eussent pas voulue. S'il vous reste quelque doute, voyez vos tentatives de toutes les semaines, je dirais presque de tous les jours, vos ridicules parades pour nous faire croire que cette révolution n'est pas finie, et que nous devrions encore recourir aux armes. La souveraineté du peuple, vous l'entendez votre souveraineté à vous, et vous vous essayez à l'exercer en véritables sauvages. Impatiens du frein des lois, je ne sais même si vous consentiriez à respecter celles que vous seuls auriez faites. Après avoir proclamé une souveraineté nationale à votre façon, vous conspireriez contre la nation, comme vous le faites déjà, si elle en choisissait d'autres que vous pour chefs et pour interprètes de ses besoins. C'est à la France de savoir si elle veut d'un aéropage sanglant qui lui *taille ses bouchées* et lui distribue l'aliment vide de l'égalité, qu'on ne serait libre de refuser qu'en renonçant à la vie..! La France a déjà répondu.

De bonne foi, si au 30 juillet, dans ce moment difficile où un peuple de trente-deux millions d'hommes se trouva tout-à-coup par la transition la plus brusque, sans gouvernement et sans lois, elle eût remis ses destinées en vos mains ou dans celles de représentans choisis par vous; demandez à vos consciences quel eût été le résultat de ce choix insensé, vous qui proclamez dans les clubs, quand vous ne l'imprimez pas ; j'ai voulu dire, qui imprimez et proclamez que la terreur de 1793 fut une nécessité, *une rigueur salutaire*, pour me servir des expressions d'un anarchiste d'une autre espèce, car tous les exagérés et les fous se ressemblent ! La plupart d'entre vous seraient déjà écrasés sous les roues du char révolutionnaire ; l'orage que vous auriez suscité, que vous appelez encore aujourd'hui de vos vœux, de vos regrets parricides, aurait vomi la foudre qui vous eut pulvérisés les premiers. Les mêmes causes produisent les mêmes effets, les mêmes moyens conduisent aux mêmes fins.

Pour se dire le peuple, c'est-à-dire la majorité, il ne reste à la société des droits de l'homme, ou plutôt à la société des amis du peuple *rapiécée*, que peu de chose à faire : c'est de retrancher de la nation, ou de condamner à l'ilotisme, tout ce qui en France possède quelque chose : le propriétaire, le rentier, le manufacturier, le marchand, l'industriel qui vit honorablement de son travail, l'honnête ouvrier dont les bras sont coupés, et dont la famille meurt de faim dans les temps d'anarchie ; le laboureur dont le champ ne produit plus dès qu'il est sans cesse foulé par les soldats des factions qui, dans la fureur de s'entre-détruire, cherchent à se retirer toutes ressources. Ajoutez-y les hommes recommandables qui cultivent, par goût ou par besoin, les arts et les sciences amis de l'ordre et de la paix; ceux qui ont voué leur vie à la profession pénible de l'enseignement; puis la magistrature organe des lois, le barreau dont les membres ont besoin de recueillement et de calme pour les étudier et apprendre à en réclamer l'exécution; tout ce qui jouit, travaille, sent; tout ce qui a une famille objet de soins, de sollicitude et d'alarmes; enfin tout ce qui a une vie morale, qu'il ne peut pas dépenser dans les lieux publics, dans les clubs ou sur le pavé de la place.

Au moyen de ce grand abattis, non-seulement, hommes des sections, vous aurez la majorité, mais encore vous serez, vous, seuls maîtres; c'est bien justement alors que vous pourrez vous appliquer le titre ambitieux de *souverain*.

Vous qui vous faites gloire de diriger la machine désorganisatrice, vous est-il arrivé une seule fois, pendant un jour de solitude, ou dans le silence d'une nuit sans sommeil, de réfléchir au mal irréparable que vous avez déjà fait, sans qu'elle avançât d'un pas cette cause chimérique que vous caressez dans les illusions de votre orgueil? Parmi ces esclaves, aveugles sans s'en douter, que vous vous êtes flattés d'atteler à la grande herse qui doit nous briser tous comme la glèbe, avez-vous compté combien vous avez déjà fait d'infortunés et de coupables? L'ouvrier attiré dans vos sections et vos conciliabules, y a perdu le goût de ses travaux modestes, mais si utiles à la société: tandis qu'il rêve cet état meilleur que vous lui promettez, tandis que vous, membres bien moins intéressans du corps social, prônez des théories qui vous font vivre, sa femme et ses enfans, sa vieille mère, languissent dans l'indigence. Lui, échauffé par vos dangereuses et perfides prédications, leur apprend à maudire une société qui les aide autant qu'il est en elle, mais qui n'a pas pu prévoir que leur soutien naturel leur manquerait tout-à-coup. Pour se dissimuler à lui-même et colorer aux yeux des autres ce que son lâche abandon a de coupable, il parle contre sa conscience, il accuse le gouvernement; chaque jour est pour lui la veille de la chûte d'un pouvoir tyrannique. En le retrouvant debout chaque lendemain, sa confusion dégénère en rage; son imagination s'enflamme: il y a quelques mois, il était honnête homme, bon fils, bon père, bon époux; il est maintenant tout prêt à devenir criminel, si l'on ne se hâte de tout renverser pour le placer dans une situation meilleure.

Et ce jeune homme, à l'air soucieux et abattu que donne le désœuvrement et le mécontentement de soi-même: sa barbe négligée, sa coiffure, toute l'habitude de son corps, l'ont rendu méconnaissable aux yeux de ses anciens amis. Son œil cave et brillant accuse l'orgie de la veille dans laquelle il a cherché à faire taire le reproche d'une conscience rebelle. Il est à Paris pour y suivre des études qui le conduiraient à un état honorable. Sa famille l'y entretient, souvent au prix des privations qu'elle s'impose. Son père se flatte de recueillir un jour le fruit de ses sacrifices que l'espérance et sa tendresse lui rendent plus légers. Vous l'avez attiré dans vos rangs, il n'étudie plus; à quoi bon ? tous les hommes doivent être égaux, et il a la preuve sous les yeux que pour être chef de section, la science est un hors-d'œuvre. Il ergote comme un insensé, retourne en cent manières les ridicules et sanglans apophtegmes de ses maîtres, et son auditoire applaudit. Les cafés ne lui suffisent plus : il est en réputation dans les plus sales tavernes qu'il fréquente comme tous les *citoyens* ses éganx en droits. Mais le temps viendra où ces derniers feront un retour sur eux-mêmes; ils auront du moins encore en main un état, tandis que lui ne sait rien, si ce n'est quelques hymnes sanguinaires qu'il chante au milieu d'un chœur d'hommes dépravés et stupides, assis qu'il est quelquefois, sans s'en douter, auprès d'un échappé du bagne. Son père est destiné à mourir de douleur : et lui..... je frémis d'interroger son avenir.

N'allez pas dire que ce sont là des portraits de fantaisie tracés par un pur esprit de controverse : les modèles ne sont que trop nombreux et ce qu'il y a de plus révoltant pour la morale, c'est que vous le savez bien, et que chaque jour vous

serrez la main et vous appelez du nom de frères ceux dont vous êtes les bourreaux. (1).

Dans son manifeste, la société dit *qu'elle a prouvé qu'elle savait ne pas compromettre l'intérêt de la cause à laquelle elle s'est vouée. C'est en ralliant dans son sein*, dit-elle, *les élémens actifs de la population parisienne, qu'elle les a soustraits plus d'une fois aux provocations de la police et à l'entraînement de leur propre ardeur.*

Quel abus des mots destinés à exprimer les idées, ou plutôt quel outrage à la vérité !... *L'intérêt de la cause à laquelle on s'est voué*, c'est le trouble, le désordre, le renversement de la loi naturelle qui veut que chacun jouisse en paix de ce qu'il a acquis ou de ce qu'il tient de ses pères ; celui des lois sociales qui partout punissent le vol, la rapine, le brigandage, de quelque nom qu'on les décore. Vous avez beau le nier dans vos journaux, *vertueux* républicains, le naturel chez vous perce partout ; vous dites dans vos as-

(1) Je connais plusieurs jeunes gens de la plus grande espérance qui après avoir épuisé la sollicitude et la bourse de leur famille, écrasés de dettes, maudissant les sociétés dont la fréquentation les avait conduits par une pente insensible à un état voisin du désespoir, se sont jetés dans une carrière à laquelle ne les appelait ni leur goût, ni le genre de leurs études, en s'enrôlant dans notre armée ou en s'expatriant, pour aller grossir les phalanges de don Pédro.

semblées et vous ne cachez pas même dans le monde, que de grands changemens devront s'opérer dans les fortunes, que *justice rigoureuse* devra être faite, *après la victoire*. Seulement les plus habiles d'entre vous s'irritent contre les indiscrets qui, plus francs et trop empressés de jouir, trahissent, presque malgré eux, tous vos plans pour l'avenir. Et quand l'indiscrétion ne décèlerait pas vos desseins, le but auquel vous avouez ouvertement que tendent tous vos efforts, peut-il être atteint par des moyens autres que ceux employés par vos devanciers ? la plus simple logique, la raison de l'optismiste le plus décidé, repoussent vos dénégations écrites. Sous ce rapport, vous *compromettez* donc l'intérêt de votre *sainte* cause.

Provocateurs en permanence, est-ce bien sérieusement que vous osez vous parer du titre de tuteurs bienveillans des *élémens actifs de la population parisienne*, pour *les garantir des provocations de la police* et *de l'entraînement de leurs propre ardeur?* Il serait presque absurde de vous répondre, car vous savez aussi bien que nous que vous ne dites pas vrai; et s'il ne s'agissait que de vous, nous n'aurions jamais pris la plume. C'est surtout pour ceux de nos concitoyens qui n'ont pas comme nous suivi avec attention votre marche à découvert, et vos obscures menées, que nous écrivons.

Qu'on n'aille pas croire que ce que la *société* appelle *les élémens actifs de la population*, ce soit cette partie si intéressante des citoyens sur le sort desquels le journal *Omnibus* des factions s'attendrit si hypocritement chaque matin; ceux qui par leur industrie, donnent la vie et le mouvement à notre riche métropole, fécondent le pays par leur travail: non, l'activité des *droits de l'homme*, c'est la turbulence, c'est la discorde qui ne dort jamais et qui plane sur les cités paisibles, la torche à la main. Leur peuple actif à eux, ce sont ceux de leurs fauteurs qu'ils ont baptisés *hommes d'exécution*, qui ne se ménagent pas, dont on se sert comme faisaient les anciens des engines de guerre, matière également propre à faire des héros et des septembriseurs. N'êtes-vous pas touchés de la mansuétude des nouveaux clubistes et de leur vive sollicitude pour garantir leurs frères de *l'entraînement et de leur propre ardeur?* si vous en doutez, voyez les plutôt en juin 1832.

Nous les avons vus plus haut réunissant leurs malheureux adeptes dans les mauvais lieux et les tavernes, sous la bannière de l'égalité. Pour resserrer davantage les liens si doux de cette égalité *sainte*, et pour assurer le moyen de prolonger les heures de doux épanchement, leur tendresse prévoyante leur donne un autre rendez-vous: c'est..... dans les murs d'une prison! et ils parlent de provocations! oui; ils emploient, il est vrai, tous les moyens de soustraire à la vigilance de l'autorité ceux qu'ils ont rendus coupables, les hommes faibles que leurs criminelles provocations ont perdu. *O hominum cœcas mentes !*

Le peuple doit sans entraves, disent-ils, *dicter ses ordres souverains*; ce qui, traduit dans le langage des initiés, signifie : « C'est à nous de dicter au peuple ce qu'il doit vouloir »; et c'est pour cela qu'on ajoute : *Il appartient à chacun*, c'est-à-dire, à nous, *d'étudier, de répandre les doctrines dont il désire que la volonté générale fasse l'application. Ces manifestations ne sont pas seulement légitimes, elle sont nécessaires. Les esprits ont besoin de se fixer d'avance sur des principes régulateurs*; on sous entend : « ces principes, nous vous les apportons ». *Lorsque, au sein de la convention nationale, une pensée à la fois grande . morale et libre retraçait au citoyen ses droits et ses devoirs, elle avait compris combien il importe de poser en dehors de toute variation et de toute dispute, les axiômes de la civilisation, de la conscience et de la justice.*

Enfin le voile tombe, l'ambition a levé le masque. « Peuple nous sommes une convention nouvelle; nous vous tracerons vos droits et vos devoirs; vous ne disputerez pas : vous accepterez avec reconnaissance. » Voyez, lecteurs, jusqu'où va l'arrogante confiance de ces pygmées, qui se croient géans, parce que nous les avons jusqu'ici dédaigneusement soufferts. Ils s'érigent en convention nationale; c'est à eux seuls qu'il a été donné de connaître nos besoins de deviner ce qui nous convient. Eux qui refusent à notre chambre des députés, le droit de faire des lois, qui déclarent ses actes illégaux, parce qu'elle ne tient pas ses pouvoirs de la totalité du peuple assemblé, comme il l'ont si niaisement répété dans leurs publications, demandez leur qui les a choisis? Ils vous montreront un testament mystique de Robespierre, Marat et autres *ejusdem farinæ*, en vertu duquel le gouvernement de la nouvelle république leur est dévolu.

Qu'on ne pense pas que j'aie torturé les phrases du manifeste, pour en tirer une interprétation judaïque. Lisez quelques lignes plus bas : *Héritiers de la mission qu'avait entreprise la convention nationale, voulant que la société soit ramenée vers son véritable but, voulant à la fois affranchir et assurer sa marche; les républicains doivent avant tout chercher des guides* (entendez-vous bien) *qui, en l'améliorant, l'empêcheront de s'égarer.*

Ceci n'a pas besoin d'un long commentaire : les républicains héritent de droit de la convention. Les *guides* dont on parle, ce sont les onze docteurs composant le comité de la société des Droits de l'homme. Ces messieurs formeront le pouvoir exécutif, dont le citoyen Cavaignac sera président ou *premier consul*; les dix autres seront consuls à la suite et ministres; puis en descendant jusqu'à entier épuisement de la liste, on distribuera les premières places aux sectionnaires. Vous voyez bien que tout cela ira à merveille; tout est préparé de manière à ce que l'état se trouve reconstitué avec la rapidité d'un changement à vue. Mais la France, quel sera son rôle? La France.... la France délivrée de l'embarras du choix, formera ce qu'on appelle la *galerie*. On érigera un vaste temple à la liberté, un *amphithéâtre* si vous voulez, où le peuple souverain viendra connaître sa volonté de la veille, chercher celle du lendemain, et savoir quels redoutables décrets sa *toute puissance* aura rendus.

Ne nous accusez pas, selon la tactique habituelle, d'une exagération de commande; vous qui travaillez à ce brillant avenir! Et vous, citoyens, qui ne pouvez croire au retour de ces jours de sang et de deuil au milieu desquels votre enfance a été bercée, parce que le ridicnle de la tentative l'emporte dans votre esprit sur son audace; ne riez pas de cette perspective qui ne vous semble qu'imaginaire; ne riez pas de ce qui vous ferait frémir, de ce qui deviendrait une source intarissable de larmes pour vos enfans, si rien ne s'opposait à l'action dévorante de nos vampires politiques. Considérez plutôt comment ils préludent à l'accomplissement de leurs desseins, les hypocrites qui vous flattent encore, jusqu'à ce qu'ils soient parvenus à vous dominer. Ecoutez leur trompette officiele, cette feuille ambitieuse rédigée par des hommes d'autant plus à craindre, qu'ils sont sans conscience, quoiqu'ils en parlent sans cesse; républicains d'un jour et par *pis aller*, parce qu'il faut, une position, des places, de l'or à leur insatiable avidité. Complices de ce manifeste, c'était bien à eux de s'en faire les publicateurs. Ils avaient rêvé, pour eux et les leurs, les premiers rangs dans un nouvel *Empire*; maintenant que cet espoir les quitte, ils demandent les formes républicaines, non pas parce qu'elles leur semblent les meilleures, mais parce qu'ils se flattent de mettre un haut prix à leurs prétendus efforts pour les établir. Au lieu d'un maître, le pauvre peuple en aurait mille; les hautes fonctions, c'est-à-dire les emplois lucratifs se multipliant alors, ils montrent de loin aux simples qu'ils exploitent l'espérance d'une vie douce et aisée, quand, toutefois, et bien entendu, ils se seraient pourvus eux-mêmes. Ils portent maintenant, déjà, le manteau de drap fin auquel naguère ils n'auraient jamais osé prétendre; ils auraient assez volontiers endossé l'habit brodé, sous Napoléon III ou IV; mais ils se résigneront, si l'on veut, à se montrer en carmagnole, pourvu que l'argent vienne. Ces gens-là se persuadent donc que tout ce qui les a connus est mort?

Après une longue kirielle de lieux communs qu'on trouve dans la *Tribune*, réchauffés chaque jour avec quelques variantes, le manifeste nous apprend que, amis du peuple, (c'est-à-dire les intrus des droits de l'homme), et sectionnaires de la société primitive des droits de l'homme, girondins et montagnards, tout le monde s'entend et marche vers un but commun. Comme on se redoute réciproquement, après bien des disputes, on est convenu, sauf à voir quand le temps sera venu, de *plumer*, comme on dit, *la poule* ensemble. On adopte donc pour patron Robespierre, sans doute dans la crainte que la France n'ait perdu la mémoire, et pour s'attirer la confiance des Français qui ne sont pas encore las de porter leur tête sur les épaules. On veut bien accorder que la déclaration des droits présentée à la convention nationale par ce grand homme, n'est pas *la meilleure possible*; mais comme *elle est la meilleure connue*, *que* d'ailleurs, *dès son origine et bien avant la formation du comité central actuel, la société des droits de l'homme l'adopta, comme expression de ses principes*, *ledit comité central*, qui veut rester à la tête, *s'est uni à cette adoption par son premier ordre du jour, et s'y associe de nouveau.* La raison, c'est que ces messieurs que la Montagne effraie, mais chez qui l'ambition est encore plus forte que la peur, *s'occupent en ceci comme en tout, non des hommes mais des principes.*

Ce paragraphe de quatre lignes, dans le manifeste, sue la lâcheté à grosses gouttes. On sentait bien que le nom seul de Robespierre jeterait l'alarme dans le pays, et l'on voulait se réserver de revenir sur cette imprudence. En effet, dans la *Tribune* du samedi 2 novembre, on déclare à ce sujet que, on *n'en parle* (de Robespierre) *que comme de chose historique non susceptible d'une actuelle invocation*. Non susceptible d'une *actuelle* invocation ! Escobar n'eut pas mieux dit, lui qui n'était pas républicain. Cette expression n'indique-t-elle pas suffisamment qu'on a cru par là échapper d'un coup à l'indignation publique, et au ressentiment des terribles montagnards.

Il n'importe, le mot est lâché; la France l'a enregistré. C'est maintenant aux chambres dont la session vient de s'ouvrir, c'est aux dépositaires de l'autorité royale à faire leur devoir. Espérons qu'ils répondront également à la confiance du grand peuple dont l'appui ne leur manquera certainement pas.

Vient ensuite un sommaire de treize articles dont se compose la déclaration de Robespierre. Singe de son maître, le comité central *dans un but de réalisation et d'examen, non pour imposer une solution, mais pour y contribuer*, délaye les treize articles de son catéchisme dans douze exigeances numérotées.

Ces douze paragraphes rédigés en style métaphysique, ne donnent que de vagues indications, des idées obscurément et timidement jetées, un avortement sans travail qui décèle l'impuissance des auteurs et leur parfaite ignorance en économie politique. C'est un amas de redites qu'on trouve à chaque instant sur les lèvres de nos républicains imberbes, perroquets politiques, que les clubs lâchent chaque soir dans les cafés et les cabarets pour transvaser leur leçon dans l'oreille des sots et des oisifs. Le peu qu'on y trouve de clair et de raisonnable, la France le possède; et si ses institutions ne sont point encore arrivées à ce degré de perfectionnement auquel elles peuvent et doivent atteindre dans un avenir tout près de nous; si les promesses de juillet, comme le répètent sans cesse nos éternels ennemis, n'ont pas encore toutes été tenues, on le doit d'abord à ce que, à la suite d'un grand changement, on ne réédifie pas d'un clin-d'œil. Les bonnes lois naissent des mœurs, des besoins et de l'expérience; elles ne s'improvisent pas. Mais c'est surtout aux continuelles tentatives des anarchistes de toute espèce, à ceux qui sont décidés à trouver mauvais tout ce qui ne sera pas fait par eux et pour eux, que la France est redevable de n'avoir pu s'avancer plus rapidement dans la carrière des améliorations, quoi qu'elle ait déjà fait un grand pas. C'est pour cela que tous les véritables patriotes reprocheront peut-être avec justice au gouvernement d'avoir trop sacrifié à son origine, et de confondre encore aujourd'hui avec la popularité, une indulgence qui, dans la masse éclairée de la nation, pourrait finir par le rendre impopulaire.

Si le manifeste peut fixer un instant l'attention, c'est moins, donc, à cause des vues qu'il renferme que par les principes qu'il exprime nettement, qu'il proclame avec l'assurance éhontée la plus propre à donner un démenti formel à ses accusations quotidiennes contre le gouvernement de juillet. Qu'on retranche en effet cette profession de foi, ce long exposé de la route qu'on veut suivre et du but qu'on se propose sans oser en détailler les moyens, le reste n'offre plus qu'incertitudes, vagues idées, rien enfin dont l'économiste puisse faire son profit. Ces messieurs auraient pu lui donner pour épigraphe : MAUVAIS VOULOIR et IMPUISSANCE.

Suivons donc quelque peu encore les raisonnemens de ce curieux *factum* dont nous devrions peut-être remercier les auteurs, car il éclaire les plus incrédules, et, sous ce rapport, au moins, ils auront fait une action utile au pays.

D'ou vient donc cette accusation effrontée que les républicains manquent de doctrines ? Comme si le progrès même d'une opinion (et le progrès de la nôtre est aussi rapide qu'incontestable) ne suffisait pas à prouver qu'elle est comprise, c'est-à-dire qu'elle possède des doctrines à la fois claires, satisfaisantes et consenties.

Quand il serait vrai que votre opinion eût fait quelques progrès, est-ce une raison de croire à son triomphe, même éloigné? Le progrès n'est-il pas, jusqu'à un terme donné, la loi de tout ce qui existe, et n'y a-t-il que les choses bonnes en elles-mêmes qui soient soumises à cette loi? Les maladies les plus cruelles qui affligent notre humanité ont aussi leur progrès, mais elles passent ou tuent le malade. Le simple voleur de grands chemins qui *travaillait*, comme disent les initiés, isolément, recrute une bande dont il devient le chef. Il y a progrès aussi pour lui, jusqu'à ce qu'il arrive au bagne ou qu'il porte sa tête sur un échafaud.

Vous avez, dites-vous, en république des doctrines claires, satisfaisantes et consenties : pourquoi donc alors votre journal gourmandait-il les napoléonistes pour ne s'être pas montrés lors de l'inauguration de la statue de l'empereur? Vous n'aviez peut-être pas alors ces doctrines ou vous les laissiez dormir : qu'en dit la *Tribune*? Vous aussi, vous avez des doctrines, et vous jetez sans cesse l'épithète de doctrinaires à vos adversaires, aux hommes dont le bon sens vous repousse.

Dans votre manifeste, vous avez commis une inconséquence d'une bien autre portée. Vous avouez que vous êtes un *parti :* à quoi pensiez-vous donc?

Par cela seul que vous êtes un parti, vous ne pouvez pas vous dire interprète des vœux, des besoins, de la volonté d'un peuple. C'est pourtant là la prétention que, chaque jour, le journal que je viens de citer affiche en votre nom. Parce que vous, parti, vous proclamerez publiquement l'utilité, la vérité prétendue de vos principes, s'ensuit-il de là que tout le monde doive vous croire? Vous dites que vous puisez vos moyens et vos raisons dans l'intérêt de tous : mais qui me le prouvera, quand je vous vois profiter avidement de la moindre occasion de discorde, faire tous vos efforts dans vos incendiaires écrits, pour égarer vos concitoyens, perpétuer la lutte entre les ouvriers et les maîtres ; et, tout en ruinant ceux-ci, augmenter la misère des premiers par vos fougueuses provocations, et pousser sur les bancs de la police correctionnelle et dans les prisons ces prolétaires dont vous vous dites les défenseurs. M'est avis que la majorité d'un peuple est toujours ennemie des excès.

Dans l'intérêt de tous !!! Mais qui me l'a dit? Tous ou un grand nombre ont-ils parlé? Si cela était, vous ne seriez pas un parti; majorité imposante, au moins vos dissidens ne sauraient être qu'une portion bien faible de la nation, quelques hommes intéressés ou qui manqueraient d'un sens droit. Ce serait eux alors qu'il faudrait appeler un parti.

Jusques-là, le devoir de tout gouvernement qui comprend sa mission, comptable qu'il est du repos et du bonheur d'un peuple dont il tient en main les ressources, c'est de vous réprimer. S'il veut être fort en présence de l'étranger et conserver la confiance du pays, il doit étouffer les partis. Sauvons d'abord la maison qui brûle, avant de nous occuper des changemens à faire pour rendre son habitation plus agréable ou plus commode.

Des doctrines, les républicains seuls en ont, parce que seuls ils ont de la conscience et de la logique.

Comme vous nous faites la grâce d'avouer que vous n'êtes encore qu'un parti, ce qui veut dire, sans vous en douter, que la majorité du peuple français n'est pas encore républicaine; ce peuple *sans logique et sans conscience*, d'après votre jugement, mais à qui l'on n'a pas encore refusé une certaine dose de fierté, vous remerciera sans doute du compliment que vous lui faites. Vous traitez trop bien le pays, pour n'avoir pas le droit de vous écrier : *Le pays n'a de sympathie et d'estime que pour le parti républicain; il n'attend rien, ne recueille rien que de lui.*

Nous devons le répéter ici, vous ne sortez jamais du cercle que vous vous êtes tracé; vous ne vivez qu'au milieu de vos illuminés; et en vérité on ne devrait que de la pitié à votre délire, s'il n'était du genre furieux. Pour ce que vous dites que le peuple ne recueille rien que de vous ; je répondrai en peu de mots : à voir ce que vous semez, Dieu nous garde de la récolte !

On doit procéder dès à présent par des actes d'ensemble et d'adhésion publique qui montrent une même opinion sous un même aspect, qui la lient e l'expriment dans sa généralité.

Cette faculté est refusée à la société des droits de l'homme proprement dite, c'est-à-dire, à l'ancienne société dont les nouveaux meneurs ont pris la direction. Elle n'a rien à faire : seulement *il faut qu'elle se mette directement en rapport avec tous les élémens républicains*. Qu'elle reçoive les commissaires qu'il plaira au comité central de lui envoyer, et qu'elle attende le signal.

Vous l'entendez : *il faut !....* Pauvres sectionnaires des droits de l'homme ! on vous a lancés sur le pavé de juin ; maintenant, laissez agir les faiseurs, vous n'êtes bons que pour l'exécution ; attendez qu'on vous ordonne de nouveau d'aller vous battre.

Cette présomption d'écolier a perdu les républicains dans leur parti, comme le manifeste tout entier les perd à jamais dans l'opinion publique. Déjà la plupart des anciens membres de la société des droits de l'homme ont tourné le dos au comité central, honteux de s'être laissés jouer par des hommes de *parlage* qui savent bien méditer et conseiller l'attaque, mais dont la majeure partie ne feraient la guerre que dans leur cabinet : lions dans la discussion, lièvres timides devant le danger.

Terminons par une citation qui vaut à elle seule tout le manifeste.

L'association comptera principalement sur l'appui de ceux qui, déshérités de leurs droits politiques, à peine protégés par les lois civiles faites par les riches et pour les riches, succombent sous l'excès du travail et le fardeau des charges publiques ; sur l'appui de ceux à qui la nature impose le devoir de ressaisir, ne fût-ce qu'en faveur de leurs enfans, leur titre et leur dignité d'homme et de citoyen.

Dans ce paragraphe qui couronne dignement

le document le plus audacieux de notre époque, et qui doit s'élever comme un monument de tolérance d'un gouvernement à qui l'on prodigue les accusations d'arbitraire et de tyrannie, se résume tous les vœux, toutes les intentions, les espérances du parti. Il ne donne pas matière à de longues réflexions. On peut le traduire par cette horrible sentence : GUERRE AUX CHATEAUX, PAIX AUX CHAUMIÈRES! Nous pourrions ajouter : malheur à tous! si nos Brutus de nouvelle fabrique ne nous inspiraient plus de pitié pour leur démence, que de crainte de leurs misérables efforts.

En tout état de choses la France est prévenue. La chambre des députés, dans le sein de laquelle les démagogues se flattent hautement que leurs théories sacriléges possèdent des organes, la chambre en qui la nation a confiance, fera rentrer dans la poussière ces éternels artisans de troubles.

Notre pays peut suffire à nourrir ses enfans; les révolutions et la guerre étrangère en ont déjà assez moissonnés; laissez vivre en paix ceux qui restent : cherchez fortune ailleurs. Si l'espace vous manque sur notre sol, au point que vous ne puissiez le parcourir à l'aise, sans nous heurter ou sans être coudoyés : partisans furibonds d'une liberté monstrueuse, retirez-vous, la patrie ne vous regrettera pas!

FIN.

www.ingramcontent.com/pod-product-compliance
Ingram Content Group UK Ltd.
Pitfield, Milton Keynes, MK11 3LW, UK
UKHW022137260726
13993UKWH00005B/2001

9 782329 166797